JN091671

# 無垢の歌

Songs of Innocence
William Blake

ウィリアム・ブレイク

池澤春菜・池澤夏樹 訳

毎日新聞出版

# 無垢の歌

ウィリアム・ブレイク

池澤春菜　池澤夏樹―訳

毎日新聞出版

# まえがき

わたしたちは毎日、言葉を話し、読み、書きます。当たり前に思えることですが、それが当たり前でない場所と時代がありました。ウィリアム・ブレイクが生きたのは十八～十九世紀のイギリス。教育革命が起こり、人々と文字の関係性が大きく変わり始めた頃です。

最初の詩、

ぼくは葦の葉っぱを引き抜いて
くるっと丸めてペンにして
きれいな水をインクにして
素敵な歌を書きつけた
どんな子もみんな、この歌を楽しめるようにね

のように、言葉は音から文字になって、誰もが楽しめるようになりました。

ブレイクから二百年以上離れたわたしたちのところにも、この素敵な歌は届いています。

音と、文字と。

ブレイクの言葉には、その両方の美しさがあります。日本語にする時に、わたしは何度も何度も口に出して言葉たちを追いかけました。ブレイクの言葉の中にある優しさ、愛おしさ、明るさや清らかさ、善きものに向かう心をこぼさずすくえるように。

小さな子供に語りかけるような、柔らかく優しい響きとリズムを守り、わかりにくいところに道をつけ、でもブレイクらしい不思議さは残して。

だからこの詩を読む時は、どうか目と声で、音と文字で楽しんでみてください。そうしたらきっと、これらの優しい言葉はもう一度きれいな水となって、あなたの心にしみ通ってゆくと思います。

池澤春菜

目次

まえがき 004

無垢の歌

はじめに 012
羊飼いの歌 016
こだまの丘で 018
子羊 022
小さな黒い男の子 026
花と小鳥 030

煙突そうじ 034
迷子になった男の子 038
もどってきた男の子 040
笑いの歌 044
ゆりかごの歌 048
神様のお姿 054
とくべつな木曜日 058
夜 062
新しい年 068
乳母の歌 072

可愛い喜び　076
夢　080
誰かが悲しんでいたら　084

経験の歌　より

小さな放浪者　092
学校に行く子　096
昔の詩人の歌　100

解説　102

池澤春菜――*H*

池澤夏樹――*N*

装丁＝川名潤

SONGS
Of
INNOCENCE
and Of
EXPERIENCE
Shewing the Two Contrary States
of the Human Soul

# 無垢の歌

## Songs of Innocence

1789

# はじめに

Introduction

笛を吹きながら丘をくだろう
心躍る歌を吹きながら
雲のすきまから、小さな子が見てる
そんで笑ってぼくに言うんだ

「子羊の歌を吹いてよ」

楽しくて陽気な歌がいいのかい？

「ねぇねぇ、もう一度！」

涙が出るほど気に入った？

「笛は素敵、でももういいや

今度は楽しく陽気にうたってよ」
だから今度はうたってあげた
涙が出るほど気に入ったんだって

「お座りよ、笛吹き。歌をぜーんぶ書いておいて
そしたらみんなも読めるでしょ」
それからその子は消えちゃった
ぼくは葦の葉っぱを引き抜いて

くるっと丸めてペンにして
きれいな水をインクにして
素敵な歌を書きつけた
どんな子もみんな、この歌を楽しめるようにね

*H*

この詩については「解説」で書いたので詳しくは述べない。

一つだけ添えれば、笛というのはもっともポータブルな楽器で、しかも牧者を思い出させる。一人で羊の群れと共に野を行く者が自らを慰めるために一管の笛を携えて行くという図はわかりやすい。そして、言うまでもなく羊飼いと羊は教会と信徒の比喩でもある。

*N*

# 羊飼いの歌

The Shepherd

羊飼いは、楽しい仕事
夜明けから夕暮れまで、日がな一日
羊を追ってあるきまわる
口はすてきな言葉でいっぱい

子羊たちの無邪気な歌声
お母さん羊の優しいおこたえ
だって羊飼いがいつもそばで
優しく見守っているんだもの

*H*

ぼくの小説の一節――

「大事なのは、イエスさまはいつでもあなたを見ていて下さる、というところ。幼い子供が公園で遊んでいるでしょ。母親がベンチに坐って編み物などしながら見ている。子供は初めは母親の近くで遊んでいるけど、だんだん大胆になって遠くへ行く。それでも振り返ればベンチに母親がいることを知っている。だから安心して小さな冒険ができる。他の子に声を掛けたりして自分なりの世間を広げる。イエスさまも母親と同じなの。見ていて下さるの」

（二〇二一年一月十日　朝日新聞の連載小説『また会う日まで』）

*N*

# こだまの丘で

The Ecchoing Green

お日様はのぼり
空はうららうら
陽気な鐘の音
春が来たよ
空にはヒバリ
それからツグミ
藪には小鳥
大きな声で歌ってる
素敵な鐘の音にあわせて
ぼくらは遊ぶ
こだまの丘で

真っ白い髪の、おじいちゃんジョン
陽気に笑う、苦労も忘れて
樫の木陰に座る
おじいちゃん、おばあちゃん
みんな、ぼくらを見て笑ってる
でもって、言うんだ
「ああ、ほんとに楽しかったな
　わしらみんな、子供だった頃
　こんな風にして遊んだものだよ
　こだまの丘で」

小さな子はおつかれ
もうはしゃぐ元気もなくなった

お日様は暮れかけ
遊びはもうおしまい
お母さんのお膝の周りの
おとうとたち、いもうとたち
巣に帰ったひな鳥のように
おやすみの時間
遊びの時間はもうおしまい
こだまの丘ももう暗い

*H*

幸福という言葉を情景として詩にすればこうなるだろう。
緑の野で日がな一日ずっと遊んで遊び疲れる子供たち。
それを見て自分の幼い頃を思い出す老人。
舞台は都会ではなく田舎の丘。
ブレイクには煤けたロンドンを嫌う傾向がある。

*N*

# 子羊

The Lamb

小さな子羊、誰がお前を作ったの？
お前を作った人を知ってる？
お前にいのちを与えて、
小川のほとりや牧場で美味しい草が食べられるようにして、
いちばんきれいな服
ふわふわ柔らかな毛皮を与え、
どの谷も、喜びの声で充（み）たしてくれる
小さな子羊、誰がお前を作ったの？
お前を作った人を知ってる？

小さな子羊、あのね、それは

お前とおんなじ名前のあの人
自分のことを、子羊と呼んだあの人
あの人はものしずかで、優しい
あの人は小さな子供にだってなれる
私は子供、お前は子羊
私たちとあの人はおんなじ名前で呼ばれてる
小さな子羊、神様がお前をお守りくださいますように
小さな子羊、神様がお前をお守りくださいますように

*H*

子羊は言うまでもなくイエスの象徴。

「作った」という言葉がユダヤ=キリスト教のキーワードである。

この世界にあるものはすべて神が作った。

被造物 creature というのはそういう意味だ。

ブレイクは『経験の歌』の名作「虎」でも誰がおまえを作ったかという論法を用いている。

*N*

# 小さな黒い男の子

The Little Black Boy

ぼくのお母さんは、南の荒れ地でぼくを産んだの
だからぼくは真っ黒、でも魂は真っ白
イギリスの子供たちは天使みたいに真っ白だけど
ぼくは黒い、まるで光を喪(うしな)ったように

ぼくのお母さんは、木陰でぼくに教えてくれたの
まだ暑くなる前に、そこに腰掛けて
ぼくをお膝の上に乗せて、キスをして
東の方を指さして、こう言った

「見て、お日様が昇る。あそこに神様がいらっしゃる

光を放って、すみずみまで温めてくださる
だから、花も木も動物たちも、私たち人も
心地よい朝と、楽しい昼間を迎えられるの」

「私たちは、少しの間だけ、この地上にいるの
神様の愛の光を受け止めるために
私たちの黒い肌と、日に焼けたお顔は
だから雲や、木陰のようなもの」

「私たちの魂が、そのあたたかさを受け止められたら
雲は消えて、神様の声が聞こえるようになるのよ
ほらね、『さあ、森から出ておいで、可愛い子
私の金色の天幕の周りで、子羊みたいに遊びなさい』って」

そうお母さんは言って、ぼくにキスをした
だからぼくは、イギリスの子供たちに言うんだ
ぼくが黒い雲から、君が白い雲から自由になったとき
神様の天幕の周りで、子羊みたいに遊ぶとき

ぼくが日陰になってあげる、君があたたかさを受け止められるように
ぼくらのお父さんのお膝に甘えられるように
ぼくは立ち上がって、君の銀色の髪を撫でよう
ぼくは君のようになる、ぼくらは仲良くなるんだ

*H*

十八世紀のこの時期に肌の色による差別をここまで理解していたブレイクに感嘆する。

麻の衣類などは初めは白く、次第に汚れて黒ずんでくる。同じことを人間に当てはめてしまえば黒い方が劣っているということになる。ブレイクは「南」という言葉によって「黒」という単語の意味を根源に戻って訂正する。

『無垢の歌』の刊行は一七八九年、ウィリアム・ウィルバーフォースの活動によってイギリスで奴隷貿易が禁止されたのは一八〇六年のことだった。

*N*

# 花と小鳥

The Blossom

ようきなようきな、すずめさん
緑の葉っぱの陰から
幸せなお花が見ているよ
おまえがまるで矢のように
小さなおうちを探しているのを
おいで、私の胸のすぐ近く

可愛い可愛い、こまどりさん
緑の葉っぱの陰から
幸せなお花が聞いているよ
おまえがしくしく泣く声を

可愛い可愛い、こまどりさん
おいで、私の胸のすぐ近く

*ℋ*

目を凝らして見れば自然の造形は精妙の極みである。それをキリスト教徒は神の栄光の反映と受け取る。人はコマドリの羽根一枚も造れない。

この詩はアッシジの聖フランチェスコの思想に近い。映画ならば『ブラザー・サン シスター・ムーン』。

*N*

# 煙突そうじ

The Chimney Sweeper

お母さんが死んだ時、ぼくはちっちゃな子供だった
まだ舌ったらずで、「えんとちゅしょうじ」だって言えなかったのに、
お父さんはぼくを売り払った
だからぼくは煙突をきれいにして、煤だらけになって眠る
ちっちゃなトム・デイカーは、髪の毛を子羊みたいに剃られたとき泣いたけど
でも、ぼくは言ったんだ
大丈夫だよ、トム。だって坊主頭なら、君の白い髪の毛が煤で汚れることもないもの
トムは泣き止んだ
でもその夜、眠ったあとで、トムは夢を見た
たくさんのたくさんの仲間たち、ディックにジョー、ネッドにジャック、
みんながみんな、真っ黒なお棺に閉じ込められてるのを

そしたら、キラキラ光る鍵を持った天使がやって来て、
お棺を開けて、みんなを出してあげた
みんな、緑の原っぱを笑いながら走って、
小川で体を洗って、お日様をいっぱいに浴びてた
はだかんぼのまんま、煤の袋は置き去りのまんま
雲に乗って、風の中で遊んだんだ
天使がトムに言うには、いい子でいたら
きっと神様がお父さんになってくれる、そしたら毎日楽しいことばかり
それからトムは目が覚めた。ぼくらは暗いうちに起きて
煤の袋とブラシを持って、仕事に出かける
とても寒い朝だったけど、トムはあったかくて幸せな気持ちだった
だってね、もしみんなが自分のお役目を果たしたら、
なんにも心配することなんてないんだよ

*H*

イギリス中に暖炉があり、それぞれに煙突があった。煤がつくと排気効率が落ちるので掃除をしなければならない。煙突は細いので子供たちが使われた。事故で死ぬ例は多く、タールの発がん物質による死亡も少なくなかった。児童の強制労働はイギリス社会の暗い面だった。

チャールズ・キングズレイの『水の子』という小説（一八六三年）はそうやって死んだ子の再生を書いている。発想の元はブレイクの詩ではなかったか。

映画『メアリー・ポピンズ』のディック・ヴァン・ダイクたちの煙突掃除（チム・チム・チェリー）は大人だからこの詩とは符合しない。

*N*

# 迷子になった男の子

The Little Boy Lost

「お父さん、お父さんどこに行っちゃったの？
そんなに早くあるかないでよ
ねぇ、何か喋って、ぼくに何か言ってよ
じゃないとぼく、迷子になっちゃうよ」

夜は真っ暗、お父さんはいない
小さな子供は夜露でずぶ濡れ
泥沼は深くて、子供は涙目
夜霧はあたりに立ちこめる

*H*

道に迷うという比喩はキリスト教でよく使われる。人は信仰に出会うまでは lost の状態にあり、やがては主イエスに救われる。百頭の羊のうちの九十九頭が帰ってきても一頭が欠けていれば主はその一頭を探しに行く。だから失われた一頭であるおまえは岩陰にかくれたりしてはいけない。信仰への誘いを拒んではいけない。この詩は次の詩とセットになっている。

*N*

# もどってきた男の子

The Little Boy Found

小さな男の子、寂しい沼地で迷子になった
狐火を追いかけて彷徨(さまよ)い、泣き出した
でもいつも側にいてくれる神様が
白い服のお父さんになって現れた

小さな男の子にキスをして、手を引いて
お母さんのところまで連れて行った
心配で真っ青、寂しい谷間中歩いていたお母さんのところに
泣いている小さな男の子を

*H*

迷子が見つかる。よかったよかった。
だが、この結果は見つからなかった場合を内包している。
いつも白い服のお父さんが来てくれるとはかぎらない。
実際に行くえが知れなくなる子供は世に少なくない。
ぼくが知るかぎり、ヨーロッパでは幼い子には一人歩きをさせない。
学校の送り迎えも親あるいはその代理の者がする。
幸運を選ぶのが『無垢の歌』。
『経験の歌』ではそうでない例が書かれる。

*N*

# 笑いの歌

Laughing Song

ああおおとした森が、喜びの声をあげ
小川が、笑いながら流れくだるとき
空が、私たちと一緒に笑い転げ
緑の丘が、そのこだまを返すとき

牧場が、陽気な緑の笑い声をたて
きりぎりすが、陽気に笑ってはねるとき
メリーにスーザン、エミリーも
声を揃えて歌うよ、ららら！

綺麗な羽根の小鳥が、木陰で笑い

テーブルには、サクランボと胡桃（くるみ）
ねぇみんな、ここに来て、さぁ一緒に
歌おう、ららら！

*H*

存在はそのまま幸福である、と堂々と主張する。

動物や植物についてはそうだろう。狐に追われる兎は逃げて逃げて自分の巣穴に飛び込んだ途端、振り返ってバーカと言う。捕まってしまったら、そうかここまでかと言って潔く死ぬ。こうして自然界は完結している。

メリーにスーザン、エミリーも同じ境地に至れるか？

*N*

# ゆりかごの歌

A Cradle Song

甘い夢よ、陰を落として
私の可愛いこの子のために
甘い夢よ、心地よい流れとなって
優しく穏やかな月の光に乗って

甘い眠りよ、柔らかな羽根の冠で
この子の額をそっと飾って
甘い眠りよ、天使のように
幸せなこの子の上を飛んで

甘い微笑(ほほえ)みよ、夜になったら

私の愛しい喜びの上を飛んで
甘い微笑みよ、母の微笑みよ
長い夜も楽しくすごせるように

甘い寝息よ、まるで鳩のため息のよう
この子が目覚めることのないように
甘い寝息よ、幸せな微笑みよ
鳩のような寝息で慰めて

おやすみおやすみ、可愛い子
なにもかもみな、眠りながら微笑む
おやすみおやすみ、幸せにお眠り
お前を見て、母は泣くけれど

可愛い我が子よ、その顔に
聖なるお姿を私は見る
可愛い我が子よ、お前のように
きっと神様も私のために涙した

私のために、お前のために、そしてみんなのために
あの方は、小さな幼子(おさなご)であったとき、涙をこぼされた
お前はあの方のお姿をいつも見ている
お前に微笑みかける、あの方のお顔を

お前に、私に、そしてみんなに微笑みかける
あの方は、小さな幼子になられた
幼子の微笑みは、あの方の微笑み
天と地とに平和をもたらす

*H*

子守歌なのだろうか。

安心してぐっすり眠っている赤ん坊は見守る者を満足に導く。

寝顔がそのまま笑顔に見える。

それでも母親は泣く。大人には不幸の理由がある。そこで母親は赤ん坊と自分の関係を自分とイエスの関係に置き換えて慰めを得る。イエスは実際には激烈な闘争者だったが、人々は彼を無垢の幼子として思い描いた。

*N*

# 神様のお姿

The Divine Image

誰かを大事に思うこと、誰かに心を注ぐこと、平和と愛に
苦しいときはみんなお祈りする
そして喜ばしい、よきものには
ありがとうの気持ちをお返しする

誰かを大事に思うこと、誰かに心を注ぐこと、平和と愛は
私たちのお父さん、だいじな神様のこと
誰かを大事に思うこと、誰かに心を注ぐこと、平和と愛は
神様の愛する子供たちのこと

誰かを大事に思う気持ちは、人の思いを

誰かに心を注ぐ気持ちは、人の顔を持ってる
愛は、私たちが神様に近づいた姿
そして平和は、私たちを包むお洋服

だから、どんな国のどんな人々も、
苦しいときに、
誰かを大事に思うこと、誰かに心を注ぐこと、平和と愛に
祈りを捧げるんだ

みんな、みんなを愛さなくちゃ
違う神様を信じていても、トルコ人でもユダヤ人でも
誰かを大事に思うこと、誰かに心を注ぐこと、平和と愛があれば
神様はいつも一緒にいるんだよ

*H*

誰かを大事に思うこと。

それは誰かを人間として認め、その心の内を想像することだ。

「汝の敵を愛せ」という言葉を山浦玄嗣のケセン語訳福音書では「仇(かたき)だっても大事にしろ」と訳した。

世の中に敵対の関係は生じる。その時に相手をモノと思わないこと、心と魂と肉体を持つ存在であると認識すること。

*N*

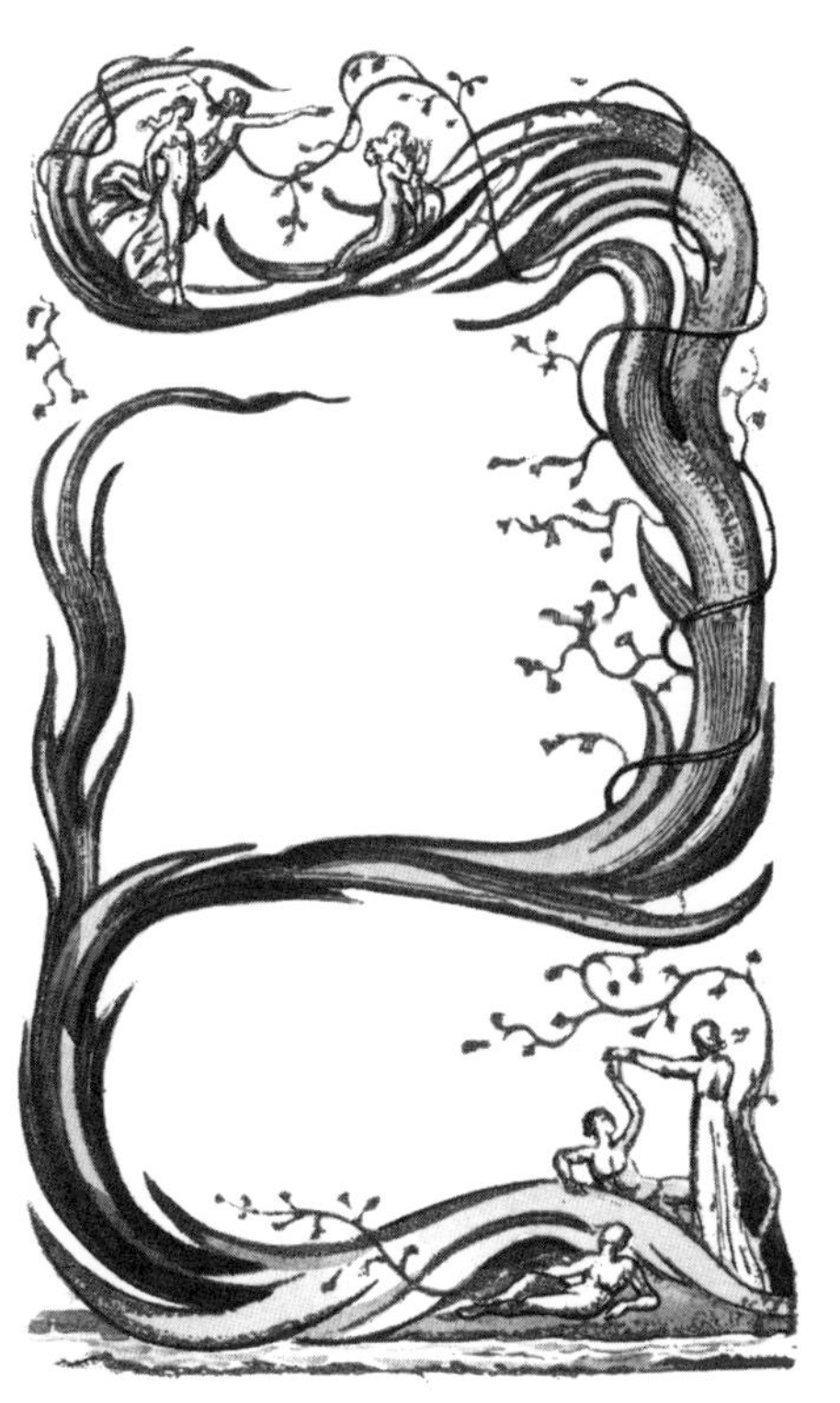

# とくべつな木曜日

Holy Thursday

聖なる木曜日に、無邪気で清らかなお顔並べて
子供たち、あか、あお、みどりの服を着て、二人ずつ歩いてくる
雪のように白い杖持った、灰色頭の牧師さんにつれられて、
セント・ポール寺院の丸屋根の下、テムズ川みたいに流れ込む

たくさんの子供たち、まるでロンドンに咲いた花みたい！
お顔をきらきらさせながら、仲良く一緒に座ってる
たくさんのざわめき、まるで子羊の群れみたい
たくさんのあどけない男の子と女の子、小さな手を掲げて

強い風のように、天へと響くその歌声

もしくは、天の玉座に届く、雷のうなりのようなハーモニー
遥か下に座っているのは、貧しきものの護(まも)り手、老人たち
だからいとおしむ心が大事、天使をドアから追い返さないように

*H*

聖木曜日はなかなか説明が難しい。キリスト教では春の復活祭がクリスマスと並ぶ大事な行事だが、しかしこれは日付けが決まっていない。年によって変わる「移動祝祭日」である。その準備のために四十六日前にまず「灰の水曜日」があり、復活祭のすぐ前の木曜日が「聖木曜日」。その先の日曜日が復活祭当日。

この詩はこの日の情景をそのまま写している。「天使をドアから追い返さないように」悪しき行いを慎まなければならない。

*N*

# 夜

Night

お日様が西にしずんで、
宵の明星が輝きはじめる
小鳥たちは巣の中で静か、
私も私の巣を探さなくちゃ
お月様はお花のよう
お空の高みに、静かにお座りになって
しらじらと、
夜にむかって、微笑んでる

おやすみ、緑の野原、幸せな木立
羊の群れが昼間、遊んでいたあたり、

子羊が草を食べていたあたり、
静かに動くのは、輝く天使の足
目に見えない天使の祝福、
やむことなく与えられる喜び
つぼみと花と、その全部に
それから眠ってる心にも

無防備な巣をそっと覗きこめば、
小鳥たちがあたたかく眠っている
獣たちのいる洞窟も見て回って、
みんなが大丈夫か確かめてる
もし、眠ってるはずの、
誰かがしくしく泣いていたら、
頭の中に眠りを注ぎ込んで、

寝床のそばに座っていてくれる
狼や虎が狩りのために吠えるとき、
天使は悲しみに泣きながら立ち上がり、
彼らの飢えを追い払ってあげる
羊たちが襲われないように
でも、もし獣たちが容赦なく襲いかかれば
天使は注意深く、
優しい魂を受け止めて
新しい世界につれていく

そこではライオンは赤い目から
金の涙をこぼす
弱いものの叫びを聞き
羊の囲いの周りを歩き

「私の怒りは、彼らの優しい心によって
私の病は、彼らの健(すこ)やかさによって
私たちの永遠の日々から消え去った

そして今、優しく鳴く子羊と
ともに横になって、眠ろう
同じ名前を抱くあの方を思って
一緒に草を食べて、一緒に鳴こう
命の川で水浴びをして
私のたてがみは金色に輝く
羊の群れの護り手だから」

*H*

この詩に現れる天使はメッセンジャーではなく守護天使である。眠るものたちを見て回って安眠を授ける。難しいのは草食獣と肉食獣の関係で、天使は羊を守るけれどもそれが叶わなかった時はその魂を「新しい世界」へ連れて行ってイエスのもとに届ける。

『経験の歌』にある「失われた少女」と「見つかった少女」では幼い子が獅子と虎と豹に連れ去られるが、無傷のまま母親の元に返される。

*N*

# 新しい年

笛を吹いて！
ああ、もう聞こえなくなっちゃった
鳥たちが歌うよ
昼も夜も
ナイチンゲールは
谷間に
ひばりは空に
楽しく
愉快に楽しく、新しい年を迎えるんだ

喜びいっぱいの

ちっちゃな男の子
小さな可愛い
ちっちゃな女の子
鶏がないたら
君は真似っこ
陽気な声
子供たちのざわめき
愉快に楽しく、新しい年を迎えるんだ

ちっちゃな子羊
ほら、おいでよ
こっちに来て
ぼくの白い首をなめてくれる
柔らかな毛を

撫でさせて
可愛い顔に
キスさせて
愉快に楽しく、新しい年を迎えよう

*H*

年を改めるのはいつでもいいはず。日本の行政では四月が年度の切り替えであり、学校年度は国ごとに違う。
それでもここを一月とする根拠は冬至ではないか。どんどん短くなっていた昼間が回復に向かう「一陽来復」の日。クリスマスはイエスの生誕を祝う日であって、歴史的な裏付けのある誕生日ではない。これも冬至由来。

*N*

# 乳母の歌

Nurse's Song

緑の牧場に子供たちの声が響いて
丘に笑い声がこだまするとき
私のこころは、静かに安らぐ
なにもかも、穏やかに

「さぁ、おうちに帰ろう。子供たち、お日様がしずむ
夜露がおりるよ
おいで、おいで。今日はもうおしまい、またあした
お日様がのぼったら、遊びにこよう」

「だめ、だめ。まだ遊ぶの。まだ遊べるもの

ちっとも眠くなんてないし
それに、ほらまだ小鳥も飛んでる
丘にはいっぱい羊だって」

「わかったわかった、じゃあお日様がしずむまで、あと少しだけ
そうしたらおうちに帰って、おやすみするよ」
小さな子供たち、飛んで、叫んで、大笑い
丘に満ちるそのこだま

*H*

「お日様がしずむまで」はいいのだが、日本のぼくたちが忘れがちなのは高緯度にあるイギリスでは夏の日没がとても遅いということだ。『宝島』を書いたR・L・スティーヴンソンの『子供の詩の園』という詩集に「夏の寝床 bed in summer」という詩がある。「冬は黄色い蠟燭の光で起きて着替えるのに、夏はまるっきり逆、外が明るいうちに寝床に行かなければならない。鳥たちはまだ木の枝で鳴いているのに」という嘆き。

*N*

郵 便 は が き

料金受取人払郵便

麹町局承認

1763

差出有効期間
2022年1月31日
まで

切手はいりません

102-8790

209

(受取人)
東京都千代田区
九段南 1-6-17

# 毎日新聞出版

営業本部　営業部行

| ふりがな | |
|---|---|
| お名前 | |
| 郵便番号 | |
| ご住所 | |
| 電話番号 | (　　　　) |
| メールアドレス | |

ご購入いただきありがとうございます。

必要事項をご記入のうえ、ご投函ください。皆様からお預かりした個人情報は、小社の今後の出版活動の参考にさせていただきます。それ以外の目的で利用することはありません。

毎日新聞出版　愛読者カード

**本書のタイトル**「　　　　　　　　　　　　　　」

●この本を何でお知りになりましたか。

1. 書店店頭で　　　　2. ネット書店で

3. 広告を見て（新聞／雑誌名　　　　　　　　　　）

4. 書評を見て（新聞／雑誌名　　　　　　　　　　）

5. 人にすすめられて　　6. テレビ／ラジオで（　　　　）

7. その他（　　　　　　　　　　　　）

●どこでご購入されましたか。

●ご感想・ご意見など。

上記のご感想・ご意見を宣伝に使わせてくださいますか？

1. 可　　　2. 不可　　　3. 匿名なら可

| 職業 | 性別<br>男　　女 | 年齢<br>歳 | ご協力、ありがとうございました |
|---|---|---|---|

Infant Joy

# 可愛い喜び

「私には名前がないの
　生まれてまだふつかめよ」
あなたをなんて呼んだらいい？
「あのね、とっても幸せだから
　喜びって呼んで」
あなたにたくさんの喜びがありますように

大事な喜び
可愛い喜び、生まれてまだふつかめ
あなたを、可愛い喜びって呼ぶわね
あなたが笑うと

私はうたいたくなる
あなたにたくさんのたくさんの喜びがありますように

*H*

誕生の祝福。

私事ながら、春菜が生まれた時の挨拶状——

わたしが生まれました。

母は頑張ってわたしを産み、父はよく考えてこの名に決めました。

これからよろしくお願いします。

*N*

# 夢

A Dream

天使が守るわたしのベッドで
夢が陰を紡(つむ)ぐとき
一匹の蟻が迷子になっていた
私が横たわる草の上で

困惑して、まごついて、みじめ
あたりは真っ暗、日も暮れ、疲れ果て
からみあった小枝の道を抜けて
しょんぼり、蟻が嘆いている

「私の子供たち、泣いているんじゃないだろうかお父さんのため息が聞こえる？
私を捜しに外に出たけれど
見つからなくて家に帰って泣いている？」

なんてかわいそう、私も泣いちゃう
だけど土蛍がこう言ったの
「大丈夫、泣かないで
私は夜の番人

カブトムシが見回りしている間
夜道を明るく照らしているの
さぁ、カブトムシの羽の音を頼りに
小さな迷子さん、おうちまでお帰り」

*H*

弱肉強食という世界観がある。

それをひっくり返したのがこの詩。

生態系という概念ができる前、生物界の調和を認識するには「神様」を呼び出すしかなかった。しかしダーウィンの進化論を超えて、たぶん今でも神様はいらっしゃる。

*N*

# A Dream

# 誰かが悲しんでいたら

On Another's Sorrow

誰かが苦しんでいたら、
私だって苦しくなる
誰かが悲しんでいたら、
なんとかして慰めてあげたくなる

誰かが泣いていたら
私にもその涙を分けて欲しい
自分の子供が泣いているのを見て
悲しくないお父さんなんかいないよ

小さな子が泣いたり、怖がったりしているのを見てお母さんがじっと座っていられると思う？
ぜったい、そんなことない
うん、そんなことないんだよ

神様はね、誰にでも笑いかけてくれる
ミソサザイのかすかな泣き声を聞いたら
小さな鳥の深い悲しみと心配を聞いたら
子供たちの苦しみを聞いたら

そっと巣の側に近づいて
ミソサザイをその胸に抱いて慰めて
そっとゆりかごに近づいて
子供たちと一緒に涙を流してくれる

夜も昼も寄り添って座って
涙をふいてくれないと思う？
ぜったい、そんなことない
うん、そんなことないんだよ

神様はね、自分の喜び全部、くださるの
神様はね、小さな子供にだってなれる
神様はね、苦しんでる人にだってなる
神様はね、悲しみだって感じているよ

だから、考えちゃだめだよ
ため息をついて、神様は見ていてくれない、なんて
考えちゃだめだよ
泣きながら、神様は側にいてくれない、なんて

そう、神様はね、私たちの悲しみが消えるように
自分の喜び全部、くださるの
私たちの悲しみも苦しみもなくなるまで
側に座って、一緒に嘆いてくれるんだよ

*H*

かつて『他者の苦しみへの責任』というタイトルの論集の解説を書いたことがある。

ここにいう「他者」は自分でない者という意味ではない。家族で親類縁者でも友人でもなく、知人でさえない赤の他人ということだ。その苦しみに対してあなたには責任がある。

ブレイクは同じことをこの詩で言っているのではないか。この精神の象徴として「神様」がいる。

*N*

SONGS
of
EXPERIENCE
1794
The Author & Printer W Blake

# 経験の歌 より

## Songs of Experience

1794

# 小さな放浪者

The Little Vagabond

お母さん、お母さん、教会は寒い
でもビヤホールは健全で、気持ちがよくて暖かい
それに、ここならぼくも歓迎してもらえると言える
天国でもこんなに歓迎されるとは思えない

だから、教会でもビールを少し出してくれて
楽しい火で魂をもてなしてくれたら
ぼくたちは日がな一日ずっと歌って祈って
教会の外へさまよい出ようとは思わない

牧師さんは説教して、飲んで、歌って
ぼくたちみんな春の小鳥のように幸福

いつも教会にいるおすましラーチ先生も
ひねくれ子供の食事を抜いたり鞭で打ったりしないですむ

神様だって、お父さんみたいににこにこで
子供たちに会う、その子らもみんな愉快で陽気
悪魔ともビヤ樽とも喧嘩するのをやめ
悪魔にキスして飲み物や着る物を与える

*N*

勝手な連想を許してもらえば、「その子らもみんな愉快で陽気」の原文 as pleasant and happy as he というところ、『宝島』のＲ・Ｌ・スティーヴンソンの Happy Thought という詩に響きも中身も似ている。もちろんブレイクの方が先――

The World is so full of a number of things,
I'm sure we should all be as happy as kings.

この世界はこんなにたくさんのすてきなものでいっぱい
だからぼくたちはみんなみんな王様みたいに幸せなはず

これは『子供の詩の園』という詩集にある詩で、イノセンスというものを全面的に肯定している点でもブレイクに通じるものがある。スティーヴンソンは心のどこかでブレイクを思い出していただろう。
しかし、「幸せなはず」とみなが幸せであることは違う。

*N*

# 学校に行く子

The School Boy

夏の朝、起きるのが好き、ぜんぶの木で鳥が鳴いている
遠くで狩人が角笛を吹いている
ヒバリはぼくに歌いかけてくれる
なんていい仲間なんだ！

でも、夏の朝でも学校に行くと
すべての喜びが消えてしまう！
擦り切れた厳しい眼で監視され
子供たちは一日を
ため息と不安のうちに過ごす

だからぼくはうなだれて座り込み

落ち着かない時間を送る
本の中に喜びはないし
教室だってつまらない
まるでにわか雨にずぶぬれみたい

喜びのために生まれた小鳥が
籠に閉じ込められて歌える？
子供は恐さに身をすくめて
しなやかな翼を垂れて
若さの春を忘れてしまう！

お父さん、お母さん、芽を摘まれたら
そして花を吹き散らされたら
やわらかい葉をむしられたら

喜びに満ちて芽吹こうというその日に
悲しみと困惑に苛(さいな)まれたら

夏の日が楽しく始まるはずがない
夏の果物が出てくるはずがない
悲しみが壊してしまったものを集めて
一年の実りを祝福はできない
木枯らしが吹きつのるというのに

*N*

これはつまり登校拒否の詩だ。学校に行きたくないという自然児の嘆き。まるでディケンズの小説の中みたいと思うが、彼が活躍したのは半世紀ほど先のことだし、オリヴァー・トウィストがいたのは学校ではなく孤児院だった。しかし学校も似たようなものだったのかもしれない。規律をたたき込むだけの権威主義的な教育は、例えばフランスではフランソワ・トリュフォーの『大人は判ってくれない』の時代、つまり一九五〇年代まで続いた（ここで江戸時代の寺子屋の方がずっと自由で楽しかったように思える）。 *N*

# 昔の詩人の声

The Voice of the Ancient Bard

若い喜びよ、ここに来て、
開かれる朝に生まれた
真実の姿を見るがいい
疑いは去った、理性の雲も消えた
暗い論争も、また手の込んだからかいも今はない
愚かさとは果てのない迷路
絡み合った根が行く手を阻(はば)む
何人がそこで倒れたことか！
夜の間に死者の骨につまずいて
無知を承知で、しかし気にもせず
人を導きたがるが、導かれるべきは彼らの方だ

*N*

これはむずかしい。

ここで「詩人」poet ではなく bard だから、吟遊詩人に近い。実際、ブレイクがこの詩に合わせて書いた絵では髭を伸ばした老人で、三角形のケルト風のハープを奏でている。その周囲に八人の若い人々がいて、左の二人は抱き合っている。

*N*

# 解説

無垢とは何か。

イノセンス、語源はラテン語で「傷がない」の意。

人は無垢で生まれるが、生きているうちに経験を通じていろいろな傷を負う。傷跡が増えてゆく。他人に対して意地悪をして、それはそのまま当人の心の傷になる。

この考えかたはたぶんキリスト教に特有のものだ。だから無垢の象徴として幼い子羊があり、聖母は男を知らぬまま子を宿された。

人は無垢の状態で生まれ、濁世で暮らすうちに汚れるから、浄化の過程を経ないと天国に行けない。その無垢の幸福感とそれが失われた後がウィリアム・ブレイクの『無垢の歌』と『経験の歌』二つの詩集で対比される。

両方に「迷子になった男の子」が登場する。前者では父とはぐれた（あるいは父に捨てられた）子供が夜のぬかるみにはまって泣いているが、しかし次の「もどってきた男の子」では神が父の姿になって現れ、子供を母のもとへ連れ戻す。世界の秩序は回復される。『経験の歌』の方では（本書には含まないことにしたが）自分を愛するように他人を愛することはできないとつぶやいた少年が火刑に処される。

カトリックの教会が堕落したと考える人たちが抗議して（プロテスト）、新しい教会を作った。その中でもとりわけ清純（ピュア）を旨とする人々が汚れたヨーロッパを離れて大西洋の向こうに渡った。彼らは自らピューリタン、清い人々と名乗った。先住民を押しのけて住み着いたのだからピュアとは言えないとぼくは思うが、その話は措こう。

今でもアメリカ人は無垢という美徳をとても気にする。いちばんそれが顕著なのが少年文学だ。『ハックルベリー・フィンの冒険』ではハックは文明によって汚染されることを拒んで野性に生きようとする。逃亡奴隷のジムを助けるに際して、奴隷は持ち主の個人資産だから逃亡は自分で自分を盗むこと、手を貸すのはその幇助になるのではないかと悩む。しかし一緒に逃げるのだ。

『ライ麦畑でつかまえて』（あるいは『キャッチャー・イン・ザ・ライ』）のホールデン・コールフィールドはインチキな大人になることを拒んでいわば成長拒否の状態で動きが取れなくなる。

メアリー・マッカーシーの『アメリカの鳥』もまたイノセンスを失わないまま大人になろうとする少年／青年の物語だった。

トマス・ピンチョンの『V.』のベニー・プロフェインもこの系列につながる主人公である。


日本でいちばん無垢とその喪失ということについて深く考えたのは宮澤賢治だ。

「貝の火」という童話を例に取ろう。子兎のホモイは川で溺れかけた雲雀の子を命がけで助けて、鳥の神様から貝の火という宝珠を授かる。周囲のみなが褒めそやし、ホモイはいい気になって威張るようになる。そこに狐がつけ込んでモグラを虐めたり鳥をたくさん捕らえたりさせる。この狐は西洋で言う悪魔そのもの、誘惑者であり扇動者である。ホモイは狐の甘言に乗って六日にして貝の火を保持する資格を失う。

ブレイクは『無垢の歌』と『経験の歌』を対として書いた。その他にも作品は多いがここではこれだけを論じよう。

知識階級の出身ではなく、職人の子であり、その仕事ぶりも職人に近い。詩は平明で技術的な工夫を凝らすこともなく、脚韻を響かせるリズムも唱えやすい。

Piping down the valleys wild
Piping songs of pleasant glee
On a cloud I saw a child.
And he laughing said to me.

この響きをやはり宮澤賢治に重ねてみようか。

「原体剣舞連（はらたいけんばいれん）」はどうだろう――

Dah-dah-dah-dah-dah-sko-dah-dah
こよひ異装（いさう）のげん月のした
鶏（とり）の黒尾を頭巾（づきん）にかざり
片刃（かたは）の太刀（たち）をひらめかす
原体（はらたい）村の舞手（をどりこ）たちよ
…………

この後は七五調を少しずつ崩しながら、しかし最初の行でローマ字で書いた太鼓の響きをそのままに、五十行あまりを駆け抜ける。大声で読むと身体的な快感に包まれる。

シェイクスピアは生涯で三万四千語の語彙を用いたとされ、その中にはラテン語系の言葉もわざと交えて多彩な文体を目指した。異化作用の効果を知

っていたし造語も多かった。「マクベス」の中で彼が手についた殺人の血が洗い落とせないと嘆く場面で

the multitudinous seas incarnadine,
Making the green one red.

と敢えて大げさな言いかたをして妻にたしなめられる。松岡和子の訳によれば「七つの海を朱に染め、青い海原を真紅に変えるだろう」（二幕二場）。

それに対してブレイクが用いたのは二万語ほど。日常遣いの言葉ばかりだ。彼は新しい技法による版画家でもあって、その技法は当時の絵画界の主流とは無縁な、言わばアール・ブリュットのような自由勝手で奔放なものだった。それを自作の詩と組み合わせてタブローに仕立てた。

王侯貴族に近づかず、教会などの権威に依らない生きかたを貫き、個人としての信仰を貫いた。

その先に幻想と神秘主義が来る。

笛を吹きながら丘をくだろう
心躍る歌を吹きながら
雲のすきまから、小さな子が見てる
そんで笑ってぼくに言うんだ

　この子は誰か?

天使ではない。

天使とは受胎告知の場面に見るように基本的にはメッセンジャーである。

この子には伝えるメッセージはなく、ただ笛のメロディーを聴きたがるだけ。

無垢と幸福感の人格化。

　この子にねだられた歌を書いたのがこの詩集という枠を作って作者の意図を読者に伝える。ここには満ち足りた世界があると知らせる。

　先の詩、原文にあるvalleysという言葉で信仰篤(あつ)い者はまず「詩篇二十三篇」を思い出すだろう——

たとひわれ死のかげの谷をあゆむとも禍害(わざはひ)をおそれじ

この情景をひっくり返して楽しいものに変える。

これが『無垢の歌』の基本姿勢である。

しかし、全能であるはずの神は人間に試練を与える。幼子の無垢はやがて失われ、経験によって傷がつく。不幸な思いをさせられる。それによってより高い人格へと成長してゆくのが信仰の道なのだろう。

大人はそれでよい。しかし子供の不幸をどう考えればいいのか。子供はいわば不幸になる資格を欠いているはずだ。『経験の歌』の方の「迷子になった男の子」はしかし牧師によって処刑される。

『カラマーゾフの兄弟』でイワンが弟のアリョーシャに児童虐待の実例をいくつも並べた上で、そういうことをする大人は罰されるべきかと問いかける。八歳になる下男の息子の小さないたずらに腹をたてた将軍がこの子に猟犬の群れをけしかけて嚙み殺させる。こういう男をどうするべきか、という兄の問いに敬虔なキリスト教徒であるはずのアリューシャが思わず「銃殺にすべきです！」と答えてしまう。

その後でイワンはあの有名な「大審問官」の寓話を弟に語るのだ。

無垢を巡るこのような文学と思想の流れの中にブレイクの『無垢の歌』はある。

それぞれの詩についてはその項目を見ていただきたい。

二〇二一年一月　札幌　池澤夏樹

ウィリアム・ブレイク

一七五七—一八二七。イギリスの詩人・画家。『無垢の歌』『経験の歌』『天国と地獄の結婚』などで知られる。神への憧憬と幻視に満ちたこれらの作品は、現代にいたるまでさまざまな分野の作家たちに大きな影響を与え続けている。

「無垢の歌」は各詩篇の訳を池澤春菜が、解説コメントを池澤夏樹が担当し、「経験の歌 より」は各詩篇の訳と解説コメントを池澤夏樹が担当した。